DEFFENCE

DE LA

SOPHONISBE

DE MONSIEVR

DE CORNEILLE.

A PARIS,

Chez CLAVDE BARBIN, au Palais,
vis à vis le portail de la Sainte Chappelle,
au signe de la Croix.

M. DC. LXIII.

Avec Permission.

DEFFENCE

DE LA

SOPHONISBE

DE MONSIEVR

DE CORNEILLE.

VOY que l'enuie ait de tout temps esté condamnée, ie pretends aujourd'huy appeller du jugement de tous les siecles, & soûtenir qu'elle fait souuent plus de bien que de mal, & qu'elle releue le merite de ceux qui en ont assez pour la

confondre : Elle prepare vn
triomphe aux grands hommes,
alors qu'elle les attaque, & elle trauaille tousiours pour eux,
en cherchant les moyens de les
destruire : c'est vn ennemy qui
fait souuent du bien, en croyant
faire du mal, & qui pousse des
traits qui retombent sur luy, &
luy font de plus profondes bles-
sures qu'il n'auoit dessein d'en
faire. Vn Ancien a dit tres-iudi-
cieusement, *que la condition de
ceux qui n'auoient point d'Ennemis
estoit miserable*, & c'est ie croy ce
qui nous fait dire ordinairement, qu'il vaut mieux faire
enuie que pitié; puisque l'Enuie n'estant composée que du
dépit de ceux qui la mettent au
iour, & du merite de ceux qui
en font les objects, trauaille
tousiours malgré elle pour la

gloire de ces derniers. C'eſt
elle en effeƈt qui trauaille aü-
iourd'huy pour Monſieur · de
Corneille, en penſant luy nuire:
c'eſt elle qui en le voulant blâ-
mer nous fait reſſouuenir de
tout ce qu'il a fait de beau ; qui
nous fait rappeller dans noſtre
imagination tous les chef-d'œu-
ures que nous auons veus de
luy, & qui en nous faiſant pen-
ſer à ce grand homme , nous
fait redoubler l'admiration que
que nous en auons euë tant de
fois : c'eſt elle qui a donné de
l'eſclat au Cid, c'eſt elle qui luy a
donné vne ſeconde vie, & c'eſt
elle pour ainſi dire, qui l'a mis
au monde ; puis que tout ce que
nous auons veu de beau de luy
a eſté fait depuis le Cid. Apres
tant d'effeƈts de l'Enuie, ſi glo-
rieux pour Monſieur de Cor-

neille, il ne faut pas s'eſtonner
ſi elle l'attaque encore, ce n'eſt
que pour acheuer ſon ouurage,
que pour le rendre immortel,
& que pour le placer auanta-
geuſement dans la poſterité.
Apres auoir monſtré que c'eſt
Monſieur de Corneille que l'enuie vient d'attaquer, en voulant
faire voir des defauts dans ſa
Sophonisbe, voyons celuy qui
l'a fait agir, & qui parle par ſa
bouche. Peut-eſtre s'imagine-t'on
que c'eſt quelque ieune homme
qui a crû que ſon âge feroit
excuſer ſa temerité, & qui par
vne boüillante & imperieuſe de-
mangeaiſon d'écrire, a ozé reprendre le Prince des Poëtes
François, afin de trouuer de la
gloire, meſme dans ſa defaite,
& de n'eſtre vaincu que par vn
ennemy dont la valeur eſt con-

nuë, & à qui perſonne n'a iamais pû reſiſter. S'il eſtoit
ainſi, cét orgücil feroit loüa-
ble; mais les Remarques de la
Sophonisbe, font d'vn homme,
qui loins de faire voir les défauts d'autruy deuroit les cacher, & qui deuroit eſtre pru-
dent à ſon âge; & ce qui eſt
plus eſtonnant, eſt que celuy
qui en eſt l'Autheur, n'attaque
Monſieur de Corneille que par
des raiſons qui ne valent pas
mieux que ces Remarques.
Monſieur de Corneille, dit-il, vn
iour deuant des gens dignes de
foy, *ne me vient pas viſiter, ne
vient pas conſulter ſes pieces auec
moy, ne vient pas prendre de mes
leçons, toutes celles qu'il fera ſeront
critiquées?* Belles & iudicieuſes
paroles! Elles ne marquent point
de vanité, & ne font point voir

qu'il a plus qu'il ne croit de ce
qu'il reproche à Monſieur de
Corneille. Que vous eſtes mal-
heureuſe Sophonisbe, de ce que
celuy qui vous fait reuiure ſur
la Scene, n'a pas eſté voir celuy qui vous condamne ? Cela
vous a rendu la plus méchante
femme du monde, & toutes celles que Monſieur de Corneille
fera reuiure apres vous, ſont dé-
ja condamnées par la meſme
raiſon, & ne verront pas pluſtoſt le iour qu'elles ſont ſeures
de rencontrer la mort ; mais
peut-eſtre que ie ne ſonge pas
aſſez à ce que ie dis, que ie me
laiſſe vn peu trop emporter à
ma chaleur, & que cét Auteur
auoit raiſon de dire, que Monſieur de Corneille deuoit venir
prendre de ſes leçons. Voyons
s'il eſt veritable, & par qu'elles

raisons il a aduancé ces paroles?
Est-ce parce qu'il a fait la Pratique du Theatre ; Il a donné des
regles qui luy ont esté inutiles ;
il n'a iamais sceu, n'y faire de
pieces acheuées, n'y en bien reprendre, n'y mesme en faire
faire à ceux qui ont pris de ses
leçons. Les deux generaux de
sa Zenobie, ne paroissent que
par force necessaires à cette piece, & bien qu'elle ait en quelque façon reüssi sur le Theatre,
elle a eu si peu de succez sur le
papier, qu'encore qu'il y ait fort
long-têps qu'elle ait parû, la premiere impression en est presque
demeurée toute entiere aux Li-
braires. Pour ce qui regarde ceux
qui ont pris de ses leçons, ils
s'en sont tousiours mal-trou-
uez. Il y a deux ans que l'on joüa
vne piece au Marais, nommée

A v

Erixene, dont il auoit esté trois
ans à faire le sujet. Cette piece
parut sous le nom d'vn jeune
homme, qui a beaucoup d'esprit, il en auoit fait les vers qui
furent trouuez fort beaux; mais
ce sujet ayant esté generalement
condamné, bien qu'il eut esté
tant d'années à le faire, empes-
cha la piece de reüssir. Si le
Manlius de Mademoiselle des
Iardins, dont il a fait tout le sujet, a eu plus de succez, la gloire
n'en est deuë qu'à la beauté des
Vers de cette incomparable fille, & aux Comediens qui les
ont si bien fait remarquer, qu'ils
ont fait reüssir la piece, malgré tous les defauts du sujet.
Ie ne perdray pas de temps à
les faire remarquer; puis qu'il
faudroit que ie fisse des Remarques beaucoup plus amples

que celles que ce censeur vient
de faire sur la Sophonisbe ; ie
diray seulement que le rolle de
Camile est plus inutile que celuy d'Erixe qu'il reprend, &
que si les Scenes de cette piece
estoient desliées aussi bien que
celles du Cid, il paroistroit
moins necessaire que l'Infante.
Cette Camile à la verité dit
beaucoup de Vers, & c'est en
quoy elle est plus condamnable
de tant parler, & d'estre entie-
rement inutile à la piece. Elle
ne dit pas vn demy Vers dans
tout son rolle, qui puisse faire
voir qu'elle aime Torquatus,
& le dépit qu'elle conçoit d'a-
bord en apprenant que Manlius
aime Omphale, fait croire qu'elle aime ce Heros ; mais on perd
cette pensée dans le troisiéme
Acte, où elle conseille à Manlius

d'enleuer Omphale ; tellement que le spectateur ne sçait plus quel interest elle a dans la piece ; en voyant qu'elle ne tesmoigne d'amour, ny pour le pere ny pour le fils. Dans le reste de la piece, elle ne fait que persecuter Torquatus , pour l'empescher de faire mourir son fils, & dans la fin, ce Consul luy demande par vn discours composé de deux Vers si elle luy pardonne ; & elle luy respond que oüy par deux autres Vers ; l'on peut iuger par la si Camile est fort necessaire à cette piece, si l'on ne la pourroit pas joüer & finir sans elle, & si c'est vne necessité indispensable de donner vne belle mere à Manlius. A quoy songiez-vous Monsieur, lors que vous fistes ce sujet? ou plustost à quoy pensiez-

vous, lors que vous dites deuant tant de monde, *que iufques
icy nous n'auions veu que des quarts
de piece, & que Manlius en eftoit
vne toute entiere ?* Si le peuple eft
le premier iuge de ces fortes de
chofes, comme vous auez vous-
mefme dit dans les Remarques
que vous venez de faire, vous
deuez le premier fuiure fes fentimens, & confeffer que le fujet
de cette piece eft auffi ennuyeux
qu'il eft mal conduit, & que
vous eftes obligé à Mademoi-
felle des Iardins, de l'auoir
foûtenu par de fi beaux Vers.
Ie ne parleray point des perpe-
tuelles irrefolutions de Torquatus pendant cinq Actes, qui
parle fans ceffe, & ne conclud
rien, & qui agit fi peu en Ro-
main, que les Romains de fon
temps ne l'auroient pas recon-

nu. Pour Manlius , ie ne le
puis condamner à la mort,
dont vous l'auez arraché fans
fairé vn trop long difcours;
l'on fçait affez que l'on ne doit
pas vfer des droicts de la Poë-
fie, lors que l'Hiftoire eft fi con-
nuë , & que vous auez changé
l'vnique action qui foit iamais
arriuée de cette nature, ie n'en
diray pas dauantage de crainte
de m'engager infenfiblement à
faire des Remarques fur vn fujet
qui n'a rien de bon; c'eft pourquoy ie paffe à celles que vous
venez de faire fur la Sophonisbe
de Monfieur de Corneille, auf-
quelles ie vais répondre fidelle-
ment, & fans paffer par deffus au-
cunes devos obferuatiõs, n'ayant
que trop dequoyvous combatre.
Vous dites d'abord que vous
auez bien de la peine à cenfurer

vn homme que vous auez tant de
fois admiré : L'on void clairement que c'eſt debuter par vn
menſonge, & quand la Ducheſſe
a qui vous eſcriuez ne ſeroit
point imaginaire, & ne vous auroit point ſeruy de pretexte pour
mettre la main à la plume contre
Monſieur de Corneille, elle n'auroit pas eſté ſi cruelle que de vous
obliger à donner vos ſentimens
au public : Les Dames ont plus
de douceur, & ie ſuis aſſeuré que
vous les auez fait imprimer de
voſtre propre mouuement ; ce
qui fait voir que vous auez re-
cherché, auec autant d'empreſſe-
ment, que de iōye, à nuire à
Monſieur de Corneille , & que
vous auez pretendu montrer, que
ſi vous ne ſçauiez bien conduire
des ſujets , vous ſçauiez bien reprendre ceux des plus grands

Maiſtres. Vous ne vous expli-
quez pas aſſez intelligiblement,
lors que vous dites, que quand
vous fuſtes voir Sophonisbe,
vous remarquaſtes que le Theatre n'éclata que quatre ou cinq
fois ; Vous deuriez faire connoiſtre dequoy vous entendez
parler, & ſi c'eſt des vers, ou du
ſujet : car, pour me ſeruir de
vos termes , il eſt conſtant que
les vers en ſont ſi forts , & ſi
beaux , qu'ils font éclatter plus
de cent fois ; c'eſt à dire, pour
m'expliquer en termes plus
clairs, qu'ils obligent les ſpecta-
teurs à donner de viſibles marques de leur admiration. Ie puis
encore vous dire là deſſus, que
pour ce qui regarde le ſujet d'vne
Tragedie , l'experience nous a
ſouuent fait voir qu'vne Piece
peut réüſſir , ſans que le ſujet

éclatte ; & si sçauoit esté vne
chose entierrement necessaire,
Manlius n'auroit pas ioüy long-
temps de la vie que vous luy
auez fait donner. Toutes les
Pieces dont les vers font forts,
n'ont pas toûjours besoin de ces
artifices pour réüssir, & nous en
voyons peu de forts qui soient
remplis de tant de brillans, si
vous en exceptez ceux de Monsieur Quinaut. Ie n'ay pû m'empescher de rire, lors que vous
dites que cét amas d'honnestes
gens, dont vous parlez, & que
vous prenez pour le peuple, à vn
tribunal secret dans les oreilles.
Ie remets cette façon de parler
au iugement public. Pour ce qui
est du tribunal dans le fonds de
l'ame, qui ne se peut tromper, &
deuant lequel rien ne se déguise,
c'est vne façon de parler com-

mune à tous les Predicateurs , &
il n'y en a pas vn qui ne s'en soit
seruy mille fois en parlant du pe-
ché. Ce que vous escriuez, dites-
vous, de cette nouuelle Piece , en
parlant de Sophonisbe, est ce que
vous auez veu dans la contenance des spectateurs, dans leur bouche , dans leur approbation , &
dans leur dégoust. Voila bien des
choses, & ie ne sçay s'il est bien
possible d'en tant remarquer,
lors que l'on a veu iouër vne Piece vne fois seulement. Vous faites parler les spectateurs comme
il vous plaist,& quand vous vous
seriez imaginé auoir veu quelque
chose dans leur contenance au
desauantage de Sophonisbe , il
est impossible que vous l'ayez
veu dans leur bouche , & dans
leur approbation , à moins qu'ils
ne soient tous venus vous le dire

les vns apres les autres. Vous
continuez, en difant que Monfieur de Corneille , ne deuoit
pas prendre vn fujet que Monfieur de Mairet, a mis autrefois
au Theatre affez heureufement,
à quoy vous adjoûtez que la
croyance de mieux faire , que
tous les autres, la foûleué contre
vn homme mort au Theatre.
J'auoüe que cette penféé , dont
vous n'eftes pas feul auteur, me
furprend , & que d'eftonnement
qu'elle me caufe me fait tomber
la plume des mains. Eft-il poffi-
ble qu'il y ait eu des perfonnes à
Paris , affez peu raifonnables,
pour tenir defi ridicules difcours,
& depuis quand ne peut-on , fans
vanité, trauailler fur vn fujet qui
a efté traitté par vn autre , vingt-
huiét ou trente années aupara-
uant ? eft-il quelqu'vn qui ignore

que la mode a eſtably ſon empire en France ? que Monſieur de
Mairet n'a trauaillé que pour ſon
temps, & que Monſieur de Corneille pouuoit trauailler pour ce-
luy-cy, ſur le meſme ſujet, ſans
rien diminuer de la gloire de
l'Autheur de l'ancienne Sophonisbe? Ne ſçait-on pas bien qu'vn
meſme ſujet peut fournir des
penſées differentes , non ſeulement à deux ; mais à pluſieurs
Autheurs ; que quand vingt perſonnes auroient trauaillé ſur la
Sophonisbe, celle de Monſieur
de Mairet auroit touſiours les
meſmes beautez, & que loin de
luy rauir la gloire qu'il s'eſt ac-
quiſe, & de pretendre par là diminuer de ſa reputation, on croi-
roit, enſuiuant ſes traces, té-
moigner que l'on a de l'eſtime
pour luy ; Puiſque l'on ne peut

douter de cette verité, qu'elle raison auez-vous de dire que Monsieur de Corneille s'est soûleué contre Monsieur de Mairet? Ie crois qu'il n'y en a point d'autre, que le dépit que vous auez que le merite de Monsieur de Corneille l'a éleué si haut, que l'on ne peut plus l'attaquer, sans faire connoistre que l'on n'agit que par enuie. Nous auons veu il y a quatre ou cinq ans trois Comedies des genereux Ennemis, composées par trois Autheurs differends, deux desquelles ont esté ioüées alternatiuement à l'Hostel de Bourgongne, & la troisiesme au Marais, sans que leurs Autheurs ayent esté soubçonnez de vanité, n'y accusez de se soûleuer contre leurs Confreres; aussi faut-il n'estre pas raisonnable, pour croire que le

merite d'vn Autheur détruife celuy d'vn autre ; L'on void dans
chaque Art plus d'vne perfonne
en reputation, & les preuues que
dans vne bataille vn foldat donne de fa valeur , n'empefchent
pas qu'vn autre n'en donne auffi
de la fienne. Ie crois vous deuoir
dire encore, auant que d'acheuer
de répondre à cét endroit de vos
Remarques, qui n'a rien de com-
mun auec la Sophonisbe , & qui
ne part que de l'enuie que vous
auez de nuire à Monfieur de Corneille ; que pour ce qui regarde
la vanité que vous luy reprochez,
qu'elle eft infeparable de tant de
merite, & qu'il ne pourroit connoiftre ce qu'il vaut , s'il n'en
auoit point. Il eft en verité bien
difficile de pouuoir s'empefcher
de fe rendre iuftice à foy-mefme;
Monfieur de Corneille, à moins

que de paſſer pour le plus ſtupide
de tous les hommes, peut-il ne
pas paroiſtre ſenſible aux applau-
diſſemens qu'il reçoit tous les
iours ? eſt-il obligé de boucher
ſes oreilles aux acclamations pu-
bliques , & de fermer les yeux
aux grandes & illuſtres aſſem-
blées qui ſe trouuent à toutes les
repreſentations de ſes Ouurages?
Eſt-il quelqu'vn , qui apres tant
d'éclatātes & indubitables preuues de ſon merite , ait crû n'en
pas auoir ; & ſi la pluſpart des
hommes s'eſtiment, & paroiſſent
vains , ſans en auoir de ſujet legi-
time , pourquoy voulez-vous
que Monſieur de Corneille s'op-
poſe à la vérité ? qu'il démente la
voix publique , & que celuy qui
doit eſtre le premier à ſe rendre,
ſoit le dernier conuaincu de ſon
merite. Pour vous , Monſieur,

vous n'estes pas si long-temps à
vous laisser persuader du vostre,
& pour auoir traduy tout ce que
les anciens ont dit du Theatre,
pour en auoir fait vne pratique,
& pour auoir fait le Terance
Iustifié, dont toute l'impression
est encore chez le Libraire, vous
estes deuenu le plus vain de tous
les hommes, encore que vous
ne vous soyez iusques icy pû feruir, de ce qui n'est à la verité pas
vostre, mais de ce que vous auez
ramassé de tous ceux qui ont escrit pour le Theatre. Apres le
blasme que vous donnez à Monsieur de Corneille, de l'injure
que vous pretendez qu'il ait voulu faire à Monsieur de Mairet;
Vous commencez vos Remar-
ques sur la Sophonisbe du premier, sans donner aucune raison
de ce que vous auancez, & vous

dites

dites que l'on ne sçait iamais où les Acteurs viennent, n'y d'où ils viennent. Il m'est impossible de combattre vos raisons, puis que vous n'en donnez point ; tout ce que ie vous puis dire là dessus, c'est que ce que vous auez auancé n'est pas veritable , & que lors que vous vous mettrez en estat de le soustenir , ie vous feray voir le contraire. Si tous ceux qui viennent sur la Scene , disoient en entrant, ie viens d'vn tel lieu, & ie vous viens trouuer dans vostre chambre pour vn tel sujet , l'on n'entendroit autre chose que de semblables discours, tant que dureroit la Piece; cela paroistroit ridicule & affecté , & l'on connoistroit que l'Auteur manque d'adresse. Vous deuriez sçauoir, vous qui reprenez les autres , que le sujet qui

ameine vn Acteur fur la Scene,
fe doit infenfiblement connoiftre
dans fes difcours , & que l'on
doit, fans qu'il le dife, connoiftre,
parce qu'il vient faire, où il vient,
& d'où il vient. Ie ne fçay pas
comment vne perfonne qui croit
fi bien fçauoir ces fortes de chofes , ne s'eft pas apperceuë de
l'Art auec lequel Monfieur de
Corneille manie ces endroits;
fans doute que vôtre efprit eftant
trop remply des fautes imagi-
naires que vous croyez auoir
remarquées dans la Sophonisbe,
n'en a pû reconnoiftre les beautez, ny remarquer l'adreffe de
Monfieur de Corneille; vous deuiez apres l'auoir déchargé d'vn
fardeau qui le rendoit trop pe-
fant, retourner voir cette belle
Piece, auec deffein d'en exami-
ner les beautez, & vous en feriez

pluftoft forty dans la refolution
d'écrire à fon auantage , que
dans celle de la critiquer. Vous
continuez en difant que vous en
auez veu plufieurs qui ne font
pas fatisfaits, qu'entre le premier & le fecond Acte, on
rompe vn pour-parler de paix,
& que l'on donne vne grande
bataille ; mais le temps qu'il
faut pour le rompre n'eft pas fi
long que celuy qu'il faut pour
traicter, vne parole fuffit pour
rompre ; & lors qu'elle eft dite
au milieu de deux Armées qui
attendent auec impatience fi l'on
entrera en traicté, ou non, il
n'eft pas hors d'apparence qu'elles fe battent, apres auoir fçeu
que l'on ne doit point parler de
paix. Ie puis adioufter que ce
pour - parler de paix ne doit
point tant furprendre que vous

auez dit, & qu'à la fin du premier Acte, Siphax dit à Sophonisbe qu'il fuiura fes confeils, &
que puis qu'elle ne veut point de
paix, il n'en veut plus entendre
parler ; ce qui fait que le fpectateur ne doit pas trouuer eftran-
ge que deux Armées qui eftoient
preftes de fe battre, auant le
pour-parler donnent vne bataille dés qu'il eft rompu. Nous
voicy enfin arriuez à l'endroit
qui fait la plus grande , & non
la meilleure partie de vos Remarques , c'eft à dire que nous
voicy à l'inutile, longue & en-
nuyeufe obferuation que les Suiuantes , qui fans doute ne vous
ont iamais efté fauorables, vous
ont obligé de faire. Vous dites
d'abord que les deux narrations
qui doiuent donner les lumieres à l'intelligence du fujet.

font faites par deux Reines à
deux Suiuantes. Souffrez que
ie vous dife auant que de paffer
outre, que l'on ne fçait ce que
veut dire ; *donner des lumieres à
l'intelligence du fujet*, & que ceux
qui accufent les autres de faire
du galimatias, en font fouuent
plus qu'eux ; pour ce qui eft des
perfonnes que vous voyez qui
accompagnent toufiours lesRei-
nes, qui en font le plus fouuent
des Confidentes, elles ne doiuent
point eftre nommées Suiuantes ;
les Reines n'en ont point, toutes celles qui approchent de fi
prés de leurs perfonnes font
d'vne qualité beaucoup plus
efleuée, & doiuent eftre regar-
dées comme celles que nous ap-
pellons prefentement , *Dames
d'honneur & Dames d'atour.* Apres
auoir traicté ces deux perfonnes

de Suiuantes, vous dites qu'elles
n'ont point de confidence auec
leurs Maiftreffes, & cependant
deux ou trois lignes plus bas,
vous dites qu'il n'eft pas vray-
femblable que des Reines que
l'on fait affez éclairées, s'amu-
fent à proner leur bonne &
mauuaife fortune à de fimples
Suiuantes, & qu'elles en faffent
tout leur confeil en des extremi-
tez, ou les plus fages n'en pourroient donner qu'auec beaucoup
de precaution. Lequel croira-
on des deux, ou qu'elles n'ont
point de confidence auec leurs
Maiftreffes, ou que leurs Maiftreffes en font tout leur confeil?
Mettez-vous d'accord auec vous
mefme, & lors que vous ne vous
contredirez point, ie verray ce
que i'auray à vous refpondre,
felon le party que vous pren-

drez. Pour moy ie tiens que vos dernieres paroles font vrayes? qu'elles font Cõfidentes de leurs Maiftreffes? mais comme vous blâmez cette confidence, & que vous dites qu'elle n'eft pas vray-femblable, ie pretends vous faire voir qu'il n'y a rien de plus ordinaire, que vous reprenez vne chofe qui arriue tous les iours, & qui mefme ne peut-eftre autrement. Les femmes qui font toufiours auprés des Reines, font des perfonnes qui font toutes à elles, que l'on peut appeller leurs creatures, & qui fçauent tous leurs fecrets. Les Princeffes feroient bien mal-heureufes, fi elles ne deuoient entretenir que des Princeffes : elles ne pourroient fe foulager l'vn l'autre; leur qualité ne leur permettant

pas d'agir cómme ces Confidentes, qui peuuent rendre des
feruices confiderables. Si chacun eſtoit d'vn meſme rang,
l'on ne ſe ſoûlageroit point ; &
ce n'eſt que l'inégalité des con-
ditions, qui fait que l'on ſe rend
des feruices les vns aux autres. Ie
puis adjoûter à cela, que les Reynes ont ſouuent des intereſts qui
les obligent à cacher leurs ſe-
crets aux Princes & Princeſſes,
& que vous auez tort de vouloir
qu'elles s'entretiennent toûjours
auec des perſonnes de leur rang,
& qu'elles leur découurent ce
qu'elles leur veulent tenir caché.
Vous dites dans la meſme Remarque des ſuiuantes, qu'elles
n'ont aucun intereſt à la Piece, &
qu'ainſi l'on ne s'intereſſe point
pour elles : Vous ne ſongez pas
bien à ce que vous dites, en par-

fant de la forte, dans toutes les
Pieces qui ont parû depuis que la
Comedie eft inuentée , auez-
vous iamais veu que ces fortes
de perfonnes ayent eu d'autres
interefts que ceux de leurs Maîtreffes. Ce n'eft que pour elles
qu'elles agiffent , & ce font leurs
Maîtreffes que le fpectateur regarde en elles ? ce qu'elles difent
découure toûjours la fortune
des Reynes , ou des Princeffe
qu'elles feruent , & il s'en réjoüit
ou en reffent de la douleur, felon que l'eftat de leurs affaires le
demande : Vous voyez par là que
l'intereft de ces Confidentes eft
confondu auec celuy de leurs
Maîtreffes, & que ce feroit ennuyer le fpectateur, que de dire
des chofes inutiles, & qu'il conçoit bien, fans que l'on luy dife.
Vous pourfuiuez, en difant que

ces Confidentes (car ie ne me
puis refoudre à nommer Suiuantes , des perfonnes qui doiuent
eftre de qualité) ne recitent iamais que de legeres confidera-
tions fur la fortune d'autruy , &
qui font ordinairement affez mal
receuës dans les paffions qui oc-
cupent l'efprit des Grands. Ie
crois que vous auez efté vn des
premiers Autheurs de la langue
pretieufe, & que reciter des con-
fiderations fur la fortune d'autruy , eft auffi obfcur que le lan-
gage des doctes Ruelles ; mais
comme ce n'eft pas mon deffein
de m'arrefter aux façons de parler extraordinaires, & que voftre
critique en eft toute remplie ; ie
fouftiens, que fi le difcours des
Confidentes n'eft pas toûjours
accompagné de quelques mou-
uemens impetueux de l'ame ; il

n'eſt pas toûjours froid, comme vous dites, & que les narrations qu'elles font ſouuent, contiennent des choſes, qui changeant preſque toufiours l'eſtat de la Scene, attachent plus les ſpecta-teurs, que les diſcours les plus emportez, qui ſont ſouuent hors d'œuure. Lors que ces Confi-dentes chez Monſieur de Cor-neille, ne font point de ces nar-rations, il ne leur fait ſouuent di-re que cinq ou ſix Vers ; mais il le fait auec tant d'art, qu'ils don-nent lieu aux Reynes, ou aux Princeſſes, a qui elles parlent, de dire les plus belles chöſes du monde ; ce que l'on a remarqué preſque dans toutes les Pieces de ce grand homme, & principale-ment dans Pompée, ou de cette maniere Cleopatre, a toufiours charmé les ſpectateurs : Vous ne

vous contentez pas de condamner celles que vous nommez Suiuantes, voſtre critique s'attache
encore aux perſonnes qui les re-
preſentent , & vous en faites
vn portrait auſſi deſauantageux
qu'il eſt peu reſſemblant ; mais
quand elles ſeroient de méchan-
tes Actrices ? quand elles ne ſeroient point belles, & que ce que
vous dites ſeroit auſſi veritable,
qu'il ſe trouue faux dans la Piece
que vous reprenez. Dites-moy,
ie vous prie , à quoy ſert cette
Remarque ? ſi elle eſt de voſtre
ſujet, & ſi la Piece de Monſieur
de Corneille doit eſtre blaſmée;
pource que celles qui y repreſen-
tent les Confidentes ne vous plai-
ſent pas ? Apres auoir parlé ſans
neceſſité, & meſmes iniuſtement
des perſonnes viuantes, vous dites que le temps où elles parlent

est celuy que les spectateurs prennent pour manger leurs confitu-
res. Si ie n'estois bien asseuré que
ces Remarques sont de vous, ie
croirois qu'elles viendroient de
quelque femme qui a coustume
d'y en manger ; mais puisque
vous en estes l'Autheur, sans
doute que vous en mangiez en
escoutant Sophonisbe, que vostre
goust y estoit tout entier, & que
c'est ce qui vous a fait trouuer
des fautes, où il n'y en auoit
point. Vous ne vous lassez pas de
parler de Suiuantes, & vous
ajoûtez, que ce qui choque plus
fortement l'esprit des spectateurs, est que ces deux Suiuantes,
sçauent fort bien ce que ces deux
Reynes leur content, & que ces
deux Reynes n'ignorent rien de
ce que ces deux Suiuantes leur
répondent. Lors que vous parlez

ainſi, vous ignorez, & ce que diſent les Suiuantes, & ce que les
Maiſtreſſes répondent ; les Reynes ne demandent point de conſeil, & ſi elles découurent quelque choſe de l'eſtat preſent de
leur fortune, ce n'eſt que par vn
effet du trouble où elles ſont;
mais elles ne diſent rien qui faſſe
voir qu'elles ſouhaittent que l'on
les conſeille : elles ne racontent
point non plus à leurs Confidentes, ce qu'elles ſçauent deſia, &
leur entretien eſt pluſtoſt vne reflexion ſur l'eſtat de leurs affaires, qu'vne narration des euene-
mens paſſez ; Si vous examinez
bien le diſcours de Sophonisbe à
l'ouuerture du premier Acte,
vous verrez qu'elle ſe flatte de
l'eſpoir que Maſſiniſſe l'aimera
touſiours, & qu'elle donne les
raiſons qui luy font nourrir cette

esperance : Vous verrez encore
dans cette premiere Scene (& vn
grand Maiſtre comme vous deuroit l'auoir remarqué) que
Monſieur de Corneille rend le
rolle d'Erixe neceſſaire, en faiſant dire à Sophonisbe, qu'elle
ne voudroit eſtre aimée de Maſſiniſſe, que pour exciter la ialouſie & le dépit en ſa Riuale, & que
c'eſt vn des motifs qui l'a fait
agir. Examinons à preſent ſi
Erixe n'agiſt point plus en femme, & ſi elle n'affecte pas plûtoſt
de dire ſouuent la meſme choſe,
que de ne pas parler ; & nous
trouuerons qu'elle n'aime pas
tant à parler, que vous aimez à
eſcrire inutilement : Elle ne raconte point à ſa Suiuante ce qui
s'eſt paſſé il y a des années ; elle
ſe plaint ſeulement du froid ac-
cueil de Maſſiniſſe, ce qui luy

donne lieu de fe refléchir fur tout
fon procedé, & de fe perfuader
par vne confequence qui luy
femble iufte, qu'il ne l'a aimée
que par politique; ainfi le fpectateur reconnoift que Maffiniffe
n'eft pas inégal, comme vous le
dites; qu'il n'eft point inconftant,
& qu'il n'eftouffe point l'amour
qu'il auoit pour Erixe, puifque
cette Reyne auoüe qu'il n'en a
iamais eu pour elle. Ne vous
eftonnez pas, que i'aye efté fi
long-temps fur le chapitre des
Suiuantes, vous m'en auez mon-
tré l'exemple, & ie ne l'ay fait
que pour vous découurir voftre
erreur; Ie ne me puis toutefois
empefcher de vous dire encore
que vous ne vous deuiez pas
tant vous arrefter fur des rolles
fi peu confiderables, & qui tous
deux ne contiennent pas foixan-

re Vers. En suitte vous passez aux Reines, & vous les blâmez de ce qu'elles tiennent des discours Politiques, & de ce qu'elles font les Catons ; mais à qui appartient-il mieux de parler de Politique qu'à des Reines, qui en sçauent beaucoup plus que les hommes qui ne sont pas de leur rang ? qui entrent dans tous les conseils , & qui les tiennent souuent elles-mesmes ; & à qui cōuient-il mieux d'en parler dans la Piece dont il s'agit qu'à la fille d'Asdrubal ? Les Histoires ne sont pas moins pleines de Femmes Fortes, & sçauantes en l'art de regner que de grands Politiques : & si c'est vne faute à Monsieur de Corneille de faire parler ces Heroïnes en veritables Heroïnes, vous estes tombé dans vne plus grande, de nous

auoir autrefois fait voir Zenobie, qui parle plus de Politique & moins d'amour, que Sophonisbe ny Erixe. Vous voulez
qu'on croye que celles-cy étouffent tous les sentimens de ten-
dresse, de jalousie, & des autres passions; quel personnages
est-ce donc qu'elles joüent? encore quelque chose les fait-il
agir, & si vous les examiniez
de prés, vous verriez qu'elles
n'étouffent pas leurs passions;
mais qu'elles ont assez de pouuoir sur elles pour s'en rendre
maistresses, & les empescher de
se manifester auec trop d'éclat?
Que ces Catons toutesfois ont
de sentimens tendres, qu'ils
parlent bien de l'amour & de
la ialousie, & qu'ils en connois-
sent bien les effects! Il falloit
dites-vous garder toute la Poli-

tique de ces Reines pour Lelius & pour Scipion, qui n'eut pas esté à voftre fentiment vn mauuais perfonnage fur la Scene ; il falloit donc les faire ioüer feuls, puifque vous ne voulez pas que les perfonnes intereffées parlent de leurs affaires ; Mais d'ailleurs à quoy auroit feruy de faire paroiftre trois perfonnes prefque également puiffantes ; l'on ne peut nier qne Scipion, ou Lelius auroit efté fans employ ; puis qu'ils n'auroient paru que pour vne mefme chofe, ou du moins que chacun d'eux auroit eu peu d'employ ; faifant enfemble ce qui fuffit à peine pour en occuper vn feul. Apres auoir dit que les femmes font trop Politiques, vous blâmez les hommes de ne l'eftre pas

aſſez, & vous aſſeurez que leurs
diſcours n'ont rien de ces conteſtations que Monſieur de Corneille a miſes tant de fois ſur
noſtre Theatre. Voulez-vous
que toutes les Pieces de ce grand
Autheur ſe reſſemblent? que l'on
agite touſiours des matieres Politiques dans vn conſeil? qu'vn
Roy comme Ptolomée delibe-
re s'il fera mourir vn Heros,
qui ſe vient refugier chez luy?
ou qu'vn Empereur comme Au-
guſte, communique à ſes amis
le deſſein qu'il a de quitter ſon
Empire. Voila ce qui produit
ces belles conteſtations; mais
elles ennuiroient ſi l'on envoyoit
tous les iours; l'on peut faire
de beaux Vers, ſans faire voir
touſiours des Princes & des Mi-
niſtres dans vn Conſeil, & les
grandes paſſions ne fourniſſent

que trop de matiere pour leur
faire dire de belles chofes.
Mais enfin vous venez à la Cataftrophe, & vous dites qu'elle
n'eft pas plus heureufe qu'en
d'autres Poëmes de Monfieur
de Corneille : c'eft parler en l'air
que de fortir de fon fujet pour
tenir de femblables difcours :
c'eft monftrer trop clairement
que l'enuie fait ouurir la bouche, & c'eft declarer trop ou-
uertement que l'on aime paf-
fionnément la critique, que de
fcindiquer les chofes mefmes
que l'on n'entreprend pas de
combattre. Auoüez la verité,
ne voudriez-vous pas auoir fait
toutes les pieces de Monfieur de
Corneille, dont la Cataftrophe
à voftre fens eft imparfaite, &
dont l'intrigue eft mal démeflée,
& connoiffez-vous quelqu'vn

qui ne fut pas bien aife d'en
eftre Autheur ? Ie vous demande encore plus, quoy que vous
efcriuiez contre Monfieur de
Corneille, ne tombez-vous pas
d'accord auec vous mefme de
fon merite, & que quelque iuftice que toute la terre luy ren-
de, on croit ne luy pouuoir
donner toutes les loüanges
qui luy font deuës. Ne vous ima-
ginez-vous pas que ie fois forty
de mon fujet pour vous parler
de cét incomparable Autheur,
ie n'ay fait toutefois que remarquer ce que vous auez mis hors
du voftre, & pour ne pas tomber dans la mefme faute, ie quitte
les éloges de ce grand homme,
& vais fans repeter vos paroles
répondre aux deux circonftan-
ces, dont vous dites que la Cataftrophe de Sophonisbe eft ac-

compagnée, & qui ont à ce que
vous voulez faire croire, esté
condamnées d'vne commune
voix. Vous accusez à tort Lelius, de ne pas faire tout ce qu'il
peut pour conseruer Sophonisbe aux Romains, & d'enuoyer
apres auoir prôné trop long-
temps sur des considerations
inutiles, Lepide auprés d'elle,
pour y prendre garde. Ie ne
puis montrer que vous auez
mal repris cét endroict, sans
repasser sur ce que fait Lelius
en cette rencontre, il void pas-
ser Sophonisbe qui sort d'auec
Erixe, & il apprend en mesme
temps qu'elle a refusé le poison
que Massinisse luy a enuoyé.
À peine a-t'il pû faire reflexion
sur ce refus, que craignant que
ce soit vn artifice, il renuoye
Lepide pour garder cette Rei-

ne ; & si vous auiez bien exa-
miné ses paroles, vous auriez
veu qu'en entrant sur la Scene
où est Erixe, & d'où sort Sophonisbe, il dit d'abord ce qu'il
vient d'apprendre, & enuoye
sans perdre vn demy moment
Lepide pour l'obseruer. Si l'on
examine bien le temps qu'il est
sans y enuoyer, il n'y en a
pas plus qu'il luy en faut pour
dire qu'il craint qu'elle vse
d'artifice, & pour donner des
ordres à Lepide, qui doit rejoin-
dre Sophonisbe auant qu'elle ait
pû se rendre en son apparte-
ment. Auoüez que vous auez
eu tort de blasmer Lelius, &
qu'il ne fait rien contre la vray-
semblance ; & pour vous montrer que Monsieur de Corneille
n'a pas pretendu qu'il donnât le
temps à Sophonisbe de s'empoi-
sonner,

poiſonner, c'eſt que cette Reyne
ne ſe ſert pas de ce temps pour
prendre du poiſon : Vous vous
eſtes trompé, lors que vous auez
dit que Lepide , raconte luy-
meſme qu'à ſon arriuée, auprés
de Sophonisbe , elle venoit de
s'empoiſonner, elle n'auoit rien
pris du tout ; mais il rapporte
qu'il luy a veu porter ie ne ſçay
quoy à la bouche ; & il s'en doit
d'autant moins défier, qu'elle le
fait en ſa preſence, & ſans aucune action, qui marque qu'elle ne
veut pas eſtre vcuë. Comme c'eſt
vne action aſſez ordinaire, ou ſi
vous voulez , comme les femmes de qualité ne paſſent pas vne
heure ſans manger quelque choſe, ne pouuoit-il pas croire que
ce n'eſtoit que quelque confiture.
S'il n'a pas eu cette penſée, vous
la deuiez auoir pour luy; puiſ-

que vous dites vous-mefme, que
les Dames en mangent à la Comedie , toutes les fois que les
Suiuantes parlent. Mais pour ne
vous pas roufiours parler de dou-
ceurs , pource qu'à la fin elles
vous pouroient faire mal au
cœur , ie vous diray que Lepide
ne fait point d'effort pour fecou-
rir Sophonisbe , à caufe qu'il ne
fçait qu'elle eft empoifonnée
que lors qu'elle l'en auertit elle-
mefme , & lors qu'elle fe fent
mourir , n'ignorant pas que l'on
mettroit tout en vfage pour la fe-
courir , ce qui eft fort vray-femblable ; & comme elle meurt
prefque dans le mefme moment
qu'elle dit qu'elle eft empoifonnée, Lepide n'a pas feulement le
temps de fonger à ce qu'il fera
pour la fauuer. Ie vois bien ce
que vous vouliez qu'il fift ; vos

Remarques font aſſez connoiſtre que vous n'aimez pas ceux qui ne ſe tourmentent point, & que vous vouliez qu'il ſe deſperât, & qu'apres la mort, il allaſt chercher le Medecin. Enſuitte de cette Remarque, qui ne vaut pas mieux que les precedentes, vous dites que l'on void en cette Cataſtrophe, Sophonisbe empoiſonnée de ſa propre main, & rien dauantage. I'auoüe que ces paroles m'ont long-temps fait rire, & que ie n'ay pû deuiner pourquoy vous ſouhaittez plus de choſes dans cette Cataſtrophe que le ſujet n'en demande. Sans doute que vous aimez le faſte, que vous voulez que le Theatre ſoit toûjours remply, & que tous les Acteurs paroiſſent à la fin; Mais vous deuriez ſçauoir que la fin de la grande Tragedie, eſt le

plus fouuent nuë , & que cette
folitude de la Scene a quelque
chofe de trifte , & de grand tout
enfemble , qui fait mieux connoiftre les reuers de la fortune.
Auffi voyons-nous prefque toutes les Tragedies fe terminer par
des recits de mort , ou par des
perfonnes feules qui fe tuent, ce
qui vous doit apprendre que tous
les Acteurs ne fe rencontrent pas
fi ordinairement à la Cataftrophe
d'vne Tragedie, que les danceurs
à la derniere entrée d'vn Balet.
Comme vous auez entrepris de
ne rien laiffer paffer fans le reprendre iuftement ou iniufte-
ment, vous auez auffi blafmé le
recit de la mort de Sophonisbe,
pource qu'il eft trop court. Mais
dites-moy, ie vous prie, peut-on
employer cent cinquante Vers,
pour dire qu'vne femme eft

morte de poison , sans dire des
choses inutiles , & vne personne
qui a pris vn poison violent,
peut-elle parler vne heure entiere , comme vous voudriez que
Sophonisbe eut fait ? si elle eut
parlé si long-temps , vous auriez
eu raison de dire, que Lepide deuoit faire ses efforts pour la se-
courir ; & vous ne l'auriez pas
blasmé si injustemēt, que vous venez de reprendre temerairement
le recit de cette mort que tout
le monde a admiré. Vous voulez
encore, qu'ensuitte de ce recit,
Massinisse , Siphax & Erixe, viennent pour ennuyer le spectateur,
dire ce qu'ils pensent de la mort
de Sophonisbe ? qu'ils viennent
tenir des discours inutiles , qui
ne peuuent plus seruir à rien , n'y
changer l'estat de leur fortune,
& que l'on n'a iamais écoutez en

de semblables occasions. Il n'y a
personne qui ne sçache ce que
Siphax eut pû dire, s'il eut parû,
& que Massinisse accablé de douleur, doit detester la cruelle politique des Romains. Pour ce qui
est d'Erixe, si vous auiez eu de
bons yeux, vous auriez veu qu'elle est presente au recit de la mort
de Sophonisbe, & vous n'en eus-
siez pas parlé, comme si elle n'y
eut pas esté. Vous estes bien cruel
d'accuser Monsieur de Corneille, de n'auoir pas tué Massinisse,
il semble qu'il ait fait vn crime
d'auoir esté clement, & de n'a-
uoir pas fait mourir vn homme
qui n'en a point commis. S'il
auoit pris tout le sujet de Monsieur de Mairet, il ne nous auroit
rien produit de nouueau, & en
pensant faire vne Piece nouuelle,
il n'en auroit fait qu'vne vieille ;

chacun eſt maiſtre de ſes inuen-
tions, & Monſieur de Corneille
n'a point eu de raiſon qui l'ait pû
obliger à tuer Maſſiniſſe. Voyons-
nous tous les iours que des
Amans ſe tuent apres la mort de
leurs Maiſtreſſes, les exemples en
ſont bien rares, & loins de blaſmer Monſieur de Corneille, vous
deuriez blaſmer tous ceux qui
iuſques icy ont fait mourir des
gens, que l'amour ſeul n'auroit
iamais obligez à ſe tuer. Vous
dites encore, en parlant de Maſſiniſſe, qu'il n'eſt pas neceſſaire
que le Poëte s'opiniaſtre à faire
l'Hiſtorien, & que quand la verité repugne à la generoſité, à
l'honneſté, ou à la grace de la
Scene, il faut qu'il l'abandonne,
& qu'il prenne le vray-ſembla-
ble pour faire vn beau Poëme,
au lieu d'vne méchante Hiſtoire.

Dites-moy, ie vous prie, s'il y a rien de plus vray-semblable que de se conseruer la vie ? Si nous voyons souuent des maris se tuer apres la mort de leurs femmes ? si le soin qu'ils prennent de leur salut a quelque chose de contraire à l'honnesteté ? si la bonne grace de la Scene dépend de l'ensanglanter, & si c'est estre genereux que de se tuer de ce que l'on a perdu sa femme. Vous auoüerez, si vous y faites reflexion, que cela n'auroit rien du Heros, & qu'au lieu d'estre marqué dans l'Histoire des Grands, il ne le deuroit l'estre que dans l'Almanach d'Amour. Ie croyois n'auoir plus rien à dire sur ce sujet ; mais il me faut adjoûter, que Monsieur de Corneille a dans cette occasion agy auec beaucoup de prudence, & beaucoup

d’art. La maniere dont ſa Piece
eſt finie, peut facilement faire
croire à ceux qui veulent le tré-
pas de Maſſiniſſe, qu’il eſt mort,
& qu’il ſe porte bien, à ceux qui
veulent le contraire: Cette adreſ-
ſe eſt d’vn grand Maiſtre, & vous
deuez confeſſer, quoy que vous
vous piquiez de ſçauoir le fin du
Theatre, que vous ne vous en
eſtes pas apperceu. Enfin apres
bien du chemin, nous voicy pro-
che du Fort où vous vous eſtes
retranché, & où vous croyez ne
pouuoir eſtre forcé, c’eſt à dire
au rolle de Sophonisbe, que vous
eſtimez ſans deffence. Quelle
Heroine, dites-vous, elle n’a pas
vn ſeul ſentiment de vertu, &
elle contraint Siphax de refuſer
la Paix, & de s’expoſer à vne
dangereuſe bataille, par des motifs de rage, & de mépris enuers

vn si grand Prince ? Vne femme
d'honneur , adjoûtez-vous , auroit soûtenu ce conseil par des
motifs de gloire , & de necessité:
Est-il possible que vous ayez escrit ces paroles , & peut-on voir
vne femme plus genereuse que
paroist Sophonisbe, en cette rencontre ? elle agist en veritable fille d'Asdrubal , & elle fait voir
par ses conseils, qu'elle conser-
ue pour les Romains la haine
qu'elle a succée auec le lait : elle
n'exige rien d'injuste de Siphax ,
puis qu'elle ne luy demande que
ce qu'il luy a promis en l'épousant. Vous dites que Sophonisbe
n'est pas vne Heroine , & vous
voulez qu'elle fasse tout ce qui
l'empescheroit de l'estre ; puisque vous voulez qu'elle étouffe
sa haine pour les Romains, qu'elle empesche Siphax d'acquerir

de la gloire, & de donner vne bataille, qu'elle agiſſe comme la derniere & la plus foible de toutes les femmes, qu'elle faſſe ce qu'vne Bourgeoiſe ne feroit qu'à peine, & qu'elle pleure, lors que ſon mary va chercher de la gloire : Les Heroines n'agiſſent pas de la ſorte, elles ſçauent quand il faut cacher la tendreſſe qu'elles ont pour leurs marys, elles leurs conſeillent de ne pas negliger les occaſions d'acquerir de l'honneur. Croyez-vous que la veuë d'vne Armée deut allarmer Sophonisbe, & la deut faire craindre pour ſon mary ? les batailles eſtoient trop frequentes en ſon temps, l'on y alloit ſans ſonger au peril, & les Reynes, & les Princeſſes, qui eſtoient eſleuées dans les Armées, en entendoient parler ſans effroy. Vous conti-

nüez de mal-traitter cette Heroïne, en difant qu'apres la perte de
la bataille, & la prifon de Siphax,
elle tourne les yeux & le cœur
fur Maffiniffe, fondée fur l'amour
qu'il auoit eu pour elle ; ignorez-
vous que des perfonnes qui font
dans le malheur, repaffent toûjours dans leur imagination tout
ce qui leur peut nuire, & tout ce
qui peut leur feruir ; & que Sophonisbe fe reffouuenant de l'a-
mour que Maffiniffe a eu pour
elle, peut bien en parler par maniere d'entretien, & comme
d'vne chofe qui pouroit l'empefcher d'eftre conduite chez fes
plus mortels ennemis, vous l'ac-
cufez injuftemét d'engager Maffiniffe à vn mariage precipité,
c'eft luy-mefme qui la preffe, &
qui ne luy donne qu'vne heure
pour fe refoudre. Tout le blafme

que vous pouriez luy donner, ce
feroit d'auoir accepté cét offre ;
mais nous deuons la confiderer
comme fille d'Asdrubal, c'eſt à
dire comme la perſonne qui deuoit le plus craindre de tomber
au pouuoir des Romains ; ſon
caractere eſt donc de ne rien eſ-
pargner pour éuiter l'eſclauage,
& elle le fouſtient inſques à la
mort : Elle voit d'vn coſté qu'elle
ne ſçauroit éuiter les fers fans eſ-
pouſer Maſſiniſſe, & d'vn autre,
que le diuorce eſtant permis,
elle peut fans crime le prendre pour époux ; ſi vous auiez
auſſi pris garde que les Car-
thaginois eſtoient des peuples
inconſtans, & accouſtumez au
diuorce, vous auriez veu que
Sophonisbe ne choque ſon deuoir en aucune maniere ; & ſi
vous ne ſçauiez pas que tous les

Autheurs qui ont escrit pour le
Theatre, ont dit qu'il falloit que
tous les personnages parlassent,
comme l'on fait dans le lieu où
ils sont nés , & ne fissent point
d'actions contraires aux mœurs
de leur Païs ; Ie vous le repete-
rois , pour vous faire voir que
Monsieur de Corneille n'a rien
fait que de tres-iudicieux : Pour
ce qui est du diuorce, vous deuez
sçauoir qu'il n'estoit pas besoin
de le dénoncer , & qu'il y auoit
en ce temps-là vne Loy qui rom-
poit le mariage, dés que le mary
ou la femme estoient captifs. Ie
ne vous répondray point , lors
que vous dites qu'il ne falloit
pas mettre sur la Scene des choses si contraires au sentiment des
spectateurs ; il n'y a personne
qui ne sçache mieux l'Histoire
Romaine que l'Histoire de Fran-

ce, & le dernier Bourgeois n'ignore pas que le diuorce eſtoit fort familier à cette Nation; Comme Sophonisbe n'a épouſé Maſſiniſſe que pour éuiter d'eſtre traînée au Capitole, elle a raiſon de ne point conſentir à la conſommation de ſon mariage, auant que les Romains l'ayent approuué; elle fait voir par là qu'elle n'a point épouſé Maſſiniſſe par amour, & vous la blaſmez de ce que vous la deuriez loüer. Pour acheuer de répondre à cette Remarque, & pour ne laiſſer aucune ligne ſans y repartir, ſi vous auiez bien écouté tout ce que Maſſiniſſe dit à Sophonisbe, vous auriez connu qu'il ne demande point en termes fort clairs à coucher auec elle : Vous faites vn commentaire ſur ce Rolle, que Monſieur

de Corneille auroit fait auffi bien
que vous, s'il l'eut iugé à propos;
mais il a manié cét endroit auec
tant de delicateffe, qu'à moins
de faire vn Commentaire comme vous, & de luy faire dire
plus qu'il ne dit, afin d'auoir
fujet de blafmer l'Autheur qui
le fait parler, on ne peut auoir
de fujet de le reprendre. Apres
auoir répondu mot à mot à
tout ce que vous auez dit contre la feule perfonne de Sophonisbe, il me refte encore tant
de chofes à dire à fon auantage, que vous ne deuez pas vous
eftonner fi ie m'explique auec
confufion. Iamais femme n'a
efté fi conftante au milieu de fi
grands malheurs, & quoy qu'elle les reffente viuement, elle les
fupporte en veritable Heroïne,
& ne s'emporte point en dif-

cours & plaintes inutiles. Cependant par vn heureux malheur elle se voit pressée par Massinisse de luy donner la main.
Ce Prince ne luy donne que
fort peu de temps pour se re-
soudre, & Sophonisbe qui voudroit pouuoir empescher ce mariage, & trouuer aussi le moyen
d'éuiter les fers, ne flatte point
Massiniffe, mais luy dit pour luy
oster l'enuie de l'épouser, qu'elle a pris Siphax sans regret, &
qu'elle n'y a point esté forcée
comme il s'imagine, ce qui
monstre que vous n'auez pas dit
vray lors que vous auez voulu
faire croire qu'elle cherchoit à
l'engager à vn mariage, & qu'elle n'agissoit que par amour. Ie
vais vous conuaincre malgré
vous, que la crainte d'estre menée à Rome l'a fait agir. Lors

qu'elle se voit obligée de respon-
dre à Massinisse, elle ne dément
point son caractere, elle ne veut
pas deuenir amie des Romains,
en épousant leur amy. Elle luy
demande la liberté de les haïr, &
l'assure que ce n'est qu'à cette
condition qu'elle se donne à luy:
elle fait bien dauantage dans vne
autre rencontre, & pour montrer que l'amour ne l'a fait point
agir, elle dit à Massinisse, qu'elle ne se soucie point de viure
auec luy, ny d'en estre esloignée,
pourueu qu'elle éuite les fers,
ce qui surprend tellement ce
Prince, qu'il la prie de luy dire
si elle l'aime, afin que cét aueu
luy donne plus de force pour
parler à Scipion de leur mariage. Cette Reine luy respond
qu'elle l'aime en époux ; ces paroles ne marquent pas qu'elle

l'aimoit auant son mariage; mais
bien qu'elle suit son deuoir, &
qu'elle l'aime, puis qu'il est son
époux; mais comme elle parle
d'vne maniere qui fait voir à
Massinisse qu'elle donne tout au
deuoir, & rien à l'amour, il ne
se contente pas de ces paroles,
& veut sçauoir plus precisement
s'il est aimé, tellement que se
voyant derechef pressée, & ne
voulant pas perdre le fruict
qu'elle espere tirer de son mariage, n'y irriter vn vainqueur
qui peut la garantir des fers
qu'elle apprehende, elle luy dit
qu'elle luy tesmoigne moins
d'ardeur qu'elle n'en sent. Voila vne partie des choses qui peuuent iustifier cette Reine que
vous auez condamnée sans sujet: ceux qui la croyent mes-
chante, ne doiuent point blâ-

mer Monſieur de Corneille ;
puis qu'il l'a fait mourir, & ceux
qui la croyent vertueuſe & ge-
nereuſe , comme elle l'eſt en
effect doiuent plaindre ſon ſort;
mais enfin, ſoit que l'on la blâ-
me ou que l'on l'eſtime, il eſt
conſtant que Monſieur de Corneille n'a rien fait qu'auec beaucoup de iugement, puiſque ſans
violer les regles du Theatre, il a
trouué le moyen de contenter
tout le monde. Siphax n'eſt pas
plus exempt de voſtre critique
que ſa femme, vous dites qu'il
fait tout pour luy complaire,&
qu'apres la perte de ſa liberté,
elle luy reproche ſon infortu-
ne, & luy dit des iniures, &
qu'il s'érige en ridicule de ne
s'en plaindre qu'aux Romains,
& de ne pas s'emporter à quelque choſe de violant contre

Maſſiniſſe ; qu'il deuroit crier
contre le Ciel & la terre, &
eſtrangler Maſſiniſſe, ou s'étran-
gler luy-meſme. Ie ne crois pas
deuoir dire beaucoup de choſes pour deſtruire de ſi foibles
Remarques ; ſi d'abord Siphax
refuſe la Paix, ce n'eſt pas tant
pour deferer aux conſeils de ſa
femme, que pour ne pas man-
quer à ſa parole, dont elle le
fait reſſouuenir ; & quand meſme il le feroit pour luy plaire,
Monſieur de Corneille ne doit
point eſtre blâmé de repreſen-
ter au naturel des choſes qui ar-
riuent tous les iours, n'eſtant pas
nouueau de voir des vieillards
donner quelque choſe aux conſeils de leurs femmes. Sophonisbe ne le traitte point ſi mal
que vous auancez, & loin de
luy dire des iniures, elle l'aſſure

qu’elle voudroit encore pouuoir
eſtre à luy, & que s’il pouuoit
ſortir des fers, & l’empeſcher
d’eſtre menée à Rome, elle luy
feroit voir qu’elle le prefere à
Maſſiniſſe : vous vous perſuadez
qu’elle le braue, parce qu’elle
dit des choſes qui paroiſſent im-
poſſibles ; mais que ne dit-on
point dans le malheur ? Combien ne fait-il point perdre de
paroles? combien fait-il dire de
choſe, pource que l’on voudroit qu’elles fuſſent ? & combien le deſir en fait-il imaginer
que l’on ſçait qui ne peuuent ar-
riuer ? l’on void bien que toutes
vos penſées ſont pleines de fureur ; puiſque vous voulez que
Siphax s’étrangle, ou qu’il étrãgle
Maſſiniſſe : Le ſpectacle à la verité en auroit eſté nouueau; puiſque iuſques icy aucun Autheur

ne s'eſt auiſé de faire mourir des
Heros par la corde ; mais pour
quitter la raillerie, permettez
que ie vous demande ſi vous ne
vous eſtes point repenty depuis
que vous auez fait vos Remarques, d'auoir voulu que Siphax
ſe deſeſperaſt : croyez-vous que
le deſeſpoir ſoit vne vertu Roya-
le, que les Heros doiuent imi-
ter les femmes, en faiſant ce
que leur inſpire la fureur, &
qu'il ne leur ſoit pas plus glo-
rieux de ſupporter patiemment
leurs diſgraces, que de faire des
actions indignes d'eux, & de
s'emporter en plaintes, ſur tout,
lors qu'ils ſçauent bien qu'elles
doiuent eſtre inutiles. Comment vouliez-vous que Siphax
eſtranglaſt Maſſiniſſe, & qu'il
s'eſtranglaſt luy-meſme; puiſque
non ſeulement il eſtoit enchaî-

né ; mais qu'ils eſtoient bien gar-
dez l'vn & l'autre, & qu'il ne
pouuoit tenter l'impoſſible ſans
s'ériger en ridicule, bien que
vous vouliez qu'il le ſoit,
pour auoir agy en homme ſa-
ge. Siphax a fait tout ce qu'il
ſe pouuoit dans cette rencontre,
il s'eſt emporté quand il a eſté
temps de le faire ? il n'a point
crié contre le Ciel ny contre la
terre, dautant que ces ſortes de
plaintes ſont touſiours inutiles,
& ne ſeruent qu'à deſcouurir la
foibleſſe de ceux qui les font ?
il s'eſt plaint à Lelius, il luy a
dit en parlant de ſa femme,
qu'il cedoit auec ioye à Maſſiniſſe vn poiſon qu'il luy auoit
volé, & qu'il ſouhaittoit qu'ils
periſſent enſemble. Comme il
n'en peut pas dire dauantage ie
ne vous en entretiendray pas
plus

plus long-temps, & paſſeray à
Maſſiniſſe. I'ay deſia reſpondu
à ce que vous en dites d'abord,
lors que ie vous ay fait remarquer qu'Erixe auouë elle-meſme
qu'il ne l'a iamais aimée; mais
quand il en auroit eſté amou-
reux, la froideur qu'elle luy té-
moigne, en voulant cacher ſa
ialouſie, eſt capable de le faire
reſoudre à l'abandonner & à eſ-
pouſer Sophonisbe, ſans crainte de paſſer pour pariure. Monſieur de Corneille qui ne fait
rien inutilement, ſçauoit bien
pourquoy il obligeoit Erixe à
cacher ſa ialouſie, il vouloit
qu'elle ſeruit à Maſſiniſſe, pour
l'acquitter ſans paroiſtre incon-
ſtant; & de fait, ce Prince qui
ne ſçait point quels motifs l'a
font agir, l'embaraſſe & luy re-
reproche ſa froideur, ce qui

produit des effects merueil-
leux. De l'infidelité que vous
reprochez à Maſſiniſſe, vous paſſez à ſa dureté, & apres auoir dit
qu'il ne paroiſt point affligé de
la mort de celle qu'il vient d'é-
pouſer, vous dites que l'on ne
void pas qu'elle eſt la Paix ou
le trouble de ſon eſprit. Si cela
eſt, vous auez tort de dire qu'il
ne paroiſt point affligé, & vous
ne deuez pas dire ce que vous
auoüez vous-meſme que vous
ne ſçauez pas. Comme i'ay dans
vn autre endroict combatu ce
qui ſuit dans vos Remarques
touchant Maſſiniſſe, ie n'en diray rien dauantage. Quand au
rolle d'Erixe, ie ne parleray
point de ſes ſentimens, puiſque
vous auoüez qu'ils ſont raiſon-
nables ; mais ie ſüis obligé de
dire qu'elle n'eſt pas inutilement

introduite sur la Scene, & Sophonisbe ayant dit d'abord
qu'elle ne souhaitteroit que Maf-
siniffe l'aimât encore, que pour
faire dépit à sa Riuale , cette
Actrice n'est point inutile, puis
qu'elle est cause que Sophonisbe agit; peut-estre que l'on di-
ra que ce motif n'est pas assez
fort; mais il n'y a rien qui arriue plus ordinairement, l'on
sçait ce que peut l'ambition d'v-
ne femme, l'on sçait ce que peut
son dépit, & que l'on en a veu qui
ont épousé leurs ennemis, pour
nuire à des personnes qu'elles
haïssoient ; i'auoüe toutesfois
que la haine que Sophonisbe a
pour Erixe, ne suffiroit pas pour
luy faire épouser Massiniffe , si
elle n'estoit soûtenuë de la crainte qu'elle a de seruir d'ornement
au triomphe des Romains. Nous

voicy tantoſt au bout de noſtre
carriere , & ie croy que i'auray
répondu à toutes vos Remarques ; lors que ie vous auray fait
voir encore vne fois , que vous
eſtes , au ſentiment de tout le
monde , ſouuent ſujet à vous
contredire vous-meſme. Vous
finiſſez preſque auec ces paroles,
ie pourrois bien adjoûter encore
quelques legeres obſeruations
touchant les expreſſions qui ſont
obſcures , & vrais galimatias en
pluſieurs endroits , & vous dire
qu'il y a moins de Vers rudes &
mal tournez , qu'en nulle autre
Piece de Monſieur de Corneille.
Voila du bien & du mal fort pro-
ches l'vn de l'autre, & l'on a tant
de peine à ſe perſuader que vous
ayez eu deſſein de parler auanta-
geuſement de Monſieur de Corneille, que l'on croit pluſtoſt que

vous auez efcrit autre chofe que
ce que vous auiez penfé ; mais
de quelque façon que l'on le
puiffe prendre , l'on trouuera
toufiours que le merite de Monfieur de Corneille vous excite à
parler contre luy ; & fi apres auoir
dit qu'il y a du galimatias dans
Sophonisbe , vous dites qu'il y a
quelques beaux Vers , ce n'eft
que pour auoir lieu de dire qu'il
y en a de méchans dans fes autres Pieces. Quelque chofe que
i'aye pû dire à l'auantage de Sophonisbe , comme ie vous ay
répondu fans l'aueu de Monfieur
de Corneille , & par confequent
fans fçauoir les raifons particu-
lieres qu'il a pour iuftifier ce qu'il
a fait , vous deuez eftre perfua-
dé que ie n'ay rien dit qui puiffe
approcher de ce qu'il diroit , s'il
prenoit la peine de répondre à

des Remarques, qui ne pouuant
nuire à sa reputation, ne meri-
tent pas d'occuper sa plume;
Croyez-moy, Monsieur, la gloire de ce grand Maistre du Theatre est trop bien establie, pour
pouuoir seulement estre ébran-
lée; c'est pourquoy tout ce que
vous pourïez dire en sa faueur,
ou contre luy, luy doit estre également indifferent. Tout le monde entier ne sçauroit détruire
ce que cent millions de bou-
ches, & vne infinité de plumes
ont rendu inébranlable : Ie con-
cluray, parce que le merite de
Monsieur de Corneille l'a tellement esleué par dessus les autres,
que personne ne l'approche; &
qu'entre le reste des Autheurs,
& luy, il y a du moins six places
de vuides. Chaque siecle four-
nira des personnes qui repren-

dront ceux qui feront mieux
qu'eux ; mais nous ne sommes
pas asseurez que tous les siecles
fournissent vn Corneille ; C'est
vne verité dont vous ne pouuez
douter ; Ie ne sçay si ie dois adjoûter foy à ce que l'on m'a dit,
que vous escriuez contre Serto-
rius ; Comme l'on asseure que
vous auez grande demangeaison
d'escrire, & que vous souhaittez
que quelqu'vn vous réponde,
afin de faire connoistre que si
vous ne sçauez pas faire de Pieces de Theatre, vous en sçauez
du-moins les regles, ie vous de-
clare que ie suis prest à me battre ; mais prenez bien garde à ce
que vous auez à faire, i'ay beaucoup à gagner, & rien à perdre
en ce combat : si ie suis défait,
ie ne dois point rougir, & si ie
vainc, ie dois estre bien glo-

rieux ; mais pour vous , vous
ne fçauriez trouuer de gloire ny
dans voftre victoire , ny dans
voftre défaite, puifque ie fuis vn
Dauid auprés de vous, & que ie
combatray contre Goliats. Il me
refte encore à vous dire , que
vous vous eftonnerez peut-eftre,
de ce qu'ayant parlé contre Sophonisbe , *dans mes Nouuelles
Nouuelles* , ie viens de prendre
fon party ; mais vous deuez
connoiftre par là que ie fçais
me rendre à la raifon : Ie n'a-
uois alors efté voir Sophonisbe
que pour y trouuer des défauts;
mais l'ayant depuis efté voir en
difpofition de l'admirer , & n'y
ayant découuert que des beautez, i'ay crû que ie n'aurois pas de
gloire à paroiftre opiniaftre, & à
fouftenir mes erreurs, & que ie

me deuois rendre à la raison,
& à mes propres fentimens,
qui exigeoient de moy cét aueu,
en faueur de Monfieur de Corneille ; c'eft à dire, du plus fa-
meux des Autheurs François.

FIN.